# FÊTE DE BIENFAISANCE
## CAVALCADE
### de la Mi-Carême 1868
# CHANSONS

PRIX : — 25 cent.

VENDUES AU PROFIT · DE · L'ŒUVRE·

Ye ——— 43215

VILLE DE CHALON-SUR-SAONE

# FÊTE DE BIENFAISANCE

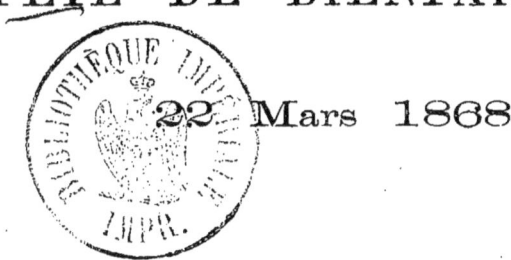

22 Mars 1868

CHALON-SUR-SAONE

IMPRIMERIE L. LANDA, RUE DU JEU-DE-PAUME

1868

# CHANSONS

## FRANÇOIS I<sup>er</sup>

O ciel ! mes yeux, vous en croirai-je ?
Il n'est pas mort à Rambouillet !
Le voilà, voilà son cortège ;
Remarquez surtout Triboulet.
Du spiritisme est-ce un prestige
Qui nous rend le roi-chevalier ?
Vive l'auteur de ce prodige !
Vive le roi... François premier !...

Salut, beau prince, âme vaillante,
Salut, restaurateur de l'art,
Roi dont la Majesté galante
Eut l'éperon ceint par Bayard !
Pourrait-on sans discourtoisie
Demander au grand-écuyer,
Quelle royale fantaisie
Amène ici François premier ?

Avec cette escorte si riche,
Se rend-il au Camp du drap-d'or,
Rêvant à l'aigle noir d'Autriche
Dont il veut arrêter l'essor ?
Avec Bourbon, devenu traître,
Court-il se réconcilier ?
C'est chez le Titien peut-être
Que va le roi François premier.

Ou dans Chalon, sa bonne ville,
Vient-il inspecter à loisir
L'Hôtel-Dieu, triste et saint asile,
Etabli sous son bon plaisir ?
De la citadelle future
Le projet, à vérifier,
Pourrait bien encor, d'aventure,
Conduire ici François premier.

Non ! toute conjecture abuse :
Sous ces splendides attifets,
Tout simplement le roi s'amuse,
Et ses plaisirs sont des bienfaits.
La gaîté, soignant la misère,
(Anachronisme à publier )
Met le casque de Bélisaire
Dans la main de François premier.

Vite mettez-y votre obole,
Des pauvres jetez-y le bien ;
Ce roi d'un jour est un symbole
De charité, d'amour chrétien ;
Donnez tous à qui l'accompagne,
Comme autrefois le peuple entier
Donna, pour payer à l'Espagne
La rançon de François premier.

Du funèbre jour de Pavie
Vous souvient-il, ô Majesté ?
La Palice y perdit la vie ;
Vous, plus encor : la liberté.
Oui, vous perdiez tout avec elle,
Tout fors l'honneur, loyal guerrier...
Plus d'une victoire est moins belle
Que l'échec de François premier.

Où donc est l'aimable Diane ?
Ne craignez-vous pas, gentil roi,
Que votre absence la condamne
A l'ennui... de trahir sa foi !
Souvent, hélas ! femme varie,
Bien fol est qui s'y peut fier ;
Jeux d'amour, jeux de loterie,
Même pour un François premier.

Sire... Mais, par vous entraînée,
La cour s'éloigne, nous laissant

L'œil ravi, la mémoire ornée
D'un souvenir reconnaissant.
Allez, troupe joyeuse et leste,
Puisse le sort, pour vous payer,
Vous garder de l'amour funeste
Qui dévora François premier !

---

# NOS PÈRES

Air du *Verre de Désaugiers*

Si j'en crois un vieux chroniqueur
Dans Chalon, notre bonne ville,
Régnaient jadis courage, honneur,
Esprit, concorde, humeur civile,
Fiers de ce passé glorieux,
Renouvelons ces temps prospères,
Tâchons d'égaler nos aïeux
Et soyons ce qu'étaient nos pères.

Riches des vins dont, grâce à Dieu,
La côte chalonnaise abonde,
Sous la tonnelle ou près du feu,
Gaîment ils trinquaient à la ronde,
Dans des galas, parents, amis,
Fraternisaient au choc des verres ;
Pour resserrer les cœurs unis,
Buvons comme buvaient nos pères.

Tout en trinquant, chacun chantait
Quelque couplet bachique ou tendre,
Qu'au fond du jardin répétait
L'écho tout joyeux de l'entendre,
Pour savourer le sel gaulois
De ces chansonnettes légères
Qu'on faisait si bien autrefois ;
Chantons comme chantaient nos pères.

Courtois, généreux et charmants,
Ils nourrissaient au fond de l'âme
Le culte des purs dévouements,
Pour celle qu'ils nommaient leur dame.

Aussi de quels trésors d'amour
Ont su les payer nos grands mères!
Pour avoir le même retour,
Aimons comme ont aimé nos pères.

Simples et bons dans le bonheur,
Ils furent grands aux jours d'alarmes,
J'en atteste la Croix d'honneur
Que Chalon porte dans ses armes.
Contre des ennemis nouveaux,
S'il fallait courir aux frontières,
Nous nous battrions en héros,
Comme se sont battus nos pères.

Quand des maux publics sévissaient,
Quand des fléaux rompaient leur digue,
Chez les affligés ils versaient
Les secours d'une main prodigue,
Le temps est dur et cher le pain,
On entend le cri des misères,
Le pauvre a froid, le pauvre a faim,
Donnons comme ont donné nos pères.

# COMPLAINTE

AIR *De Fualdès*

Venez tous, Messieurs, Mesdames,
Chalonnais, jeunes et vieux ;
Nos chars sont sur leurs essieux
Pour vous faire des réclames ;
Le Carême, un bon enfant,
Nous permet... ce qu'il défend.

Voici le brillant cortége
Qu'envira plus d'un bœuf gras.
La charité suit vos pas ;
Au lieu de flocons de neige,
L'or, l'argent et les gros sous
Tombent, tombent; gare à nous !

Lorgnez-nous de vos croisées,
Nous avons tous fort bon air.
Hâtez-vous ! dans un ciel clair,
Passent vite les fusées : .
*François premier* et sa cour
Ne vont vivre qu'un seul jour.

*Barbe-Bleue*, aimable et rose,
Garçon pas méchant du tout,
Pour mieux choisir à son goût,
N'occit point *Boulotte* et *Chose* ;
Même son cœur, aujourd'hui,
N'en veut qu'aux poches d'autrui.

Tout Offenbach s'y faufile :
*Robinson* et *Vendredi*,
Plus jaunes qu'un vieux cadi,
Ont pour vous quitté leur île.
Puis *Orphée*, aux lauriers verts,
Vous arrive des enfers.

Accourez vers ma voiture !
Moi, je suis le *Charlatan*,
Sous mon casque et mon caftan,
Je redresse la nature.
J'ai ma poudre à tous les maux...
Et l'oreille des badauds.

Un Monsieur sec comme un chêne,
Et plus long qu'un jour sans pain,
Vient dévoiler leur destin
A ceux que l'amour enchaîne,
A chacun il apprendra
Son bonheur .. et cœtera.

Mais voici sur *Rossinante*,
*Don Quichotte*, un chevalier
Aussi grand qu'un peuplier,
Et d'un teint de gouvernante,
*Sancho*, qui dit en secret
Un proverbe à son baudet.

*Faust* est là, sans Marguerite,
Près de *Méphistophélès*,
Qui le suit jusqu'*ad patres*
Pour qu'il cuise en sa marmite...
*Roland* ou le *Chat-Botté*,
Leur sourit avec bonté.

Place ! en dehors des surprises,
Nous avons six ou sept chars
Pleins de solides gaillards
Qui n'ont point de barbes grises ;
Là, sûr d'un rire flatteur,
Travaille un *Escamoteur*.

Voici le char de la bière,
*Gambrinus* y trône et boit,
Et, pour vendre, en maint endroit,
Aux buveurs fait tendre un verre.
Ayez soif, car l'indigent
Doit manger tout cet argent.

Mais celui de la *Folie*
S'avance avec ses grelots,
Bourré d'un tas de *Pierrots*
Vierges... de mélancolie...
Puis, la *Musique* a le sien
Aboyé par chaque chien.

L'un est le *Char Athlétique*,
Des *Hercules* peu vêtus
Y démontrent les vertus
D'un biceps... problématique ;
Plaignez donc ce peloton,
Tous ses poids sont de carton !

L'autre est celui des *Vendanges*
Où s'accumulent vos dons,
Où les superbes bedons
— Sans l'aide du foin des granges, —
De *Silène* et de *Bacchus*
Sont de vivants prospectus.

Ouais ! là-bas, *Polichinelle*
A sa double bosse aussi.
Mais regardez par ici,
*Arlequin* cherche sa belle,
Et nos *Postillons* privés
N'écrasent que les pavés.

Nous avons plusieurs *Grenouilles*
Qui vont rester loin des eaux ;
Huit *Pages* et deux *Hérauts*
Plus jolis que des gargouilles ;
Des *Piqueurs* et des *Seigneurs*
Au moins pour trois empereurs,

Préparez, ô jeunes filles,
Vos jambes et vos souliers ;
Daus la Halle aux lourds piliers,
La nuit verra nos quadrilles
Pour ce bal trop affolé,
On chasse les sacs de blé.

Demain, la figure blême,
Vous envîrez le sommeil.
Et, suivant un bon conseil,
Vous reprendrez le Carême,
Mais en ne regrettant rien,
Car vous aurez fait le bien.

En avant donc la musique !
Achetez-nous nos chansons,
Nous vous les garantissons,
De la meilleure fabrique.
C'est cinq sous que l'on vous prend,
Les cinq sous du Juif-Errant.

# AUX DAMES DE CHALON

Air du *Curé de Pompone*

Faire un sermon de charité
Sur un air de romance.
C'est peut-être une nouveauté,
Dans l'art de l'éloquence.
Les conservateurs du beau goût
Vont me jeter la pierre
Tant pis, je m'y risque après tout
Chacun a sa manière.

La mienne est bonne, si je puis
Du pauvre qui m'appelle,
Adoucir un peu les ennuis.
Et remplir l'escarcelle.
C'est là mon but, je l'atteindrai,
Mesdames, je l'espère,
Au besoin je vous flatterai,
C'est la bonne manière.

Vous qui voulez, qu'à vos attraits
Nous demeurions fidèles,
Je vous apprendrai des secrets
A rester toujours belles,
Sans modiste, sans parfumeur,
Même sans couturière....
Oui vraiment, mais n'ayez pas peur.
Chacun a sa manière.

Du malheureux; si votre main
Soulagea la souffrance,
Si vous avez de l'orphelin
Relevé l'espérance,
Le poids des ans sera pour vous
Une charge légère,
De ne pas vieillir entre nous,
C'est la bonne manière.

Mais ce discours est assez long,
Vous devez me comprendre,
Trouvez-vous le procédé bon?
Nous pouvons vous le vendre.
Il est aux pauvres, c'est leur bien,
Je suis leur mandataire.
Avec moi l'on n'a rien pour rien;
Excellente manière.

# LE QUÊTEUR

Air : *La Boulangère a des écus*

Pour la fête, on m'a fait quêteur.
Je reçois chaque offrande,
Ma tâche, à ce poste d'honneur,
Est agréable et grande.
Je quête avec zêle et gaîté,
Quand pour le bien et l'humanité,
La charité commande.

Si je vois qu'une blanche main,
Au lointain se dessine.
Vite, j'arpente le terrain,
Car une main si fine

Ne peut donner grossier butin,
C'est bien du bel et bon argent fin
   Qu'au pauvre elle destine.

Quand sur un balcon élégant
   Se presse une famille,
Quand je vois qu'on ôte son gant,
   Joyeux, mon cœur pétille.
Bientôt brillent l'or et l'argent...
Sonnez clairons, tambours vite un ban,
   Pour ce trait d'Evangile.

Une bonne au minois charmant,
   Portant une pouponne,
Me donne gracieusement
   Une légère aumône
Pour me montrer reconnaissant.
Je fais celui d'embrasser l'enfant,
   Mais j'embrasse la bonne.

Dans la foule des curieux,
   Je fais bonne recette.
Je vais, je viens, du jeune au vieux,
   Du riche à la soubrette,
Dieu vienne en aide aux bonnes gens,
Qui pour soulager nos indigents
   Augmentent ma cueillette.

---

# La MORALE de BLAISE

Ah ! des humains que l'engeance est donc sotte ;
Dans les soucis ils passent chaque jour.
Courant chacun après une marotte
Qu'on appelle or, puissance, honneurs, amour.

   Foi de Blaise, Dieu me pardonne !
   Je suis moins fou que tout humain.
   Sans calculer je fais l'aumône,
   Au Pauvre qui me tend la main.
   Si je n'ai rien pour moi, qu'importe !
   Je me trouve heureux de donner ;
   Plus tard, que le diable m'emporte
   Si Dieu ne veut me pardonner.

Allez donc fous!... sans relâche, sans trève
Courez au but où tendent vos désirs....
Quand vous touchez enfin à la Richesse
Vous êtes vieux... Adieu luxe et plaisirs !
    Foi de Blaise, etc.

Allez donc fous! Courez à la puissance.....
Aujourd'hui roi, vous sentirez demain
Souffle du sort ou de la Providence...
Et qui fut grand peut mendier son pain.
    Foi de Blaise, etc.

Allez donc fous! Courez, car voici l'heure
Où l'on veut tout: places, titres, rubans.
Que de flatteurs peuplent votre demeure !
Mais le vent change.... Adieu les courtisans !
    Foi de Blaise, etc.

Et qu'est-ce donc que le cœur d'une femme ?
Sensible fleur qui tourne à chaque vent.
Pour un baiser vous donneriez votre âme,
Qu'est un baiser?... Un bruit menteur souvent.
    Foi de Blaise, etc.

Quand nous partons pour l'éternel voyage,
Que sont richesse, honneurs, puissance, amour?
Haillons usés qu'on laisse sur la plage...
Et dont un fou se revêt à son tour.

    Foin de cela! Donnez sans trève,
    Riche ou pauvre, beaucoup ou peu.
    La vie ici-bas n'est qu'un rêve
    Qui s'achève à merci de Dieu.
    Puissant ou riche, ou prolétaire,
    Chacun de nous saute le pas.
    Après soi, l'on ne laisse guère
    Qu'un nom.... qu'on ne maudisse pas!

---

# PHILOSOPHIE

AIR *Impossible*

Jeté sur cette terre,
Laid, chétif, indigent,
Je ris de ma misère
Et vis toujours content.

Je me moque de l'opulence,
Et du faste partout vanté ;
L'amour comble mon existence
Et le plaisir ma vanité.

Mais si parfois, le destin infidèle
Trouble ma vie et mon bien heureux sort,
Le verre en main j'attends, près de ma belle,
Que le bonheur jette l'ancre à mon port,

Puis, lorsque sonnera las ! mon heure dernière,
« Comment as-tu vécu ? » me dira l'Éternel.
Et je lui répondrai : « J'ai bien vécu sur terre,
M'apprêtant à jouir de la faveur du Ciel ! »

# LA CAVALCADE

Air de *Monsieur et Madame Denis*

Bonjour, ami Carnaval,
Ça va-t-il' bien ? — Mais pas mal.
  Viens-tu pour nous divertir,
  Nous ragaillardir,
  Et nous dégourdir?
Hier, de tristesse, encor,
On était a moitié mort.

La misère a fait chez nous
Encore un de ses vieux coups,
  Elle a, je t'en avertis,
  De notre pain bis
  Tant haussé le prix
Qu'il faudra beaucoup d'efforts
Pour réparer tous ses torts.

Vois-tu ce pauvre ouvrier
Qui voudrait bien travailler?
  Mais l'ouvrage fait défaut;
  C'est pour ça qu'il faut
  Remplir au plus tôt
Sa huche qui fréquemment
Manque de tout aliment.

N'ayons le souci de rien,
Mon ami, tout ira bien,
    A moi, la bande à pierrots,
    Sonnez vos grelots,
    Dansez les galops ;
Dans ce discordant concert,
Il faut faire un train d'enfer.

Mousquetaires et Marquis,
Vous êtes encor requis;
    Il faut monter à cheval ;
    A votre signal,
    Moi, gai Carnaval,
Je quêterai les gros sous
Qui sont si rares chez vous.

La musique a de tout temps,
Secouru les pauvres gens,
    Quand ils verront que les cors
    Sont en bons accords
    Avec les ténors;
Ils diront : Bon, c'est du pain,
Qui va nous tomber demain.

Si leur ventre est par trop plat,
Notre Cavalcade est là,
    Qui leur dira : mes amis,
    Bientôt vos ennuis
    Vont être finis.
Grâce à l'ami Carnaval,
On vous mitonne un régal.

Quand Chalon, dans ses malheurs,
Fait un appel aux bons cœurs,
    Alors tous ses habitants,
    Qui sont bons enfants,
    Répondent, Présents !
Et bientôt les malheureux
N'ont plus les larmes aux yeux.

# DONNEZ, DONNEZ !

Air : *Allons Chasseur vite en campagne*

Bons Chalonnais, vite à la poche,
Portez la main jusques au fond
Tonton, tonton, tontaine, tonton,
Mi-Carême ouvre sa sacoche,
Et veut la remplir tout de bon,
Tonton, tontaine, tonton.

Donnez dames et demoiselles,
Vos belles mains s'ennobliront, tonton, etc.
En détachant quelques dentelles,
Pour en orner notre patron, tonton, etc.

Donnez au roi de cette fête
Donnez à ses joyeux barons, tonton, etc.
Aujourd'hui pour faire la quête,
Ils ont oublié leurs tendrons, tonton, etc.

Donnez de même à ces bons frères.
A ces moines si rubiconds, tonton, etc.
Ils vous apprendront leurs manières
D'engraisser de privations, tonton, etc.

Donnez à Bacchus sur sa tonne
Ce conquérant des nations, tonton, etc.
Vous prouvera que Dieu pardonne
Aux buveurs plus tôt qu'aux *ladrons*, tonton, etc.

Donnez à ce bon Don Quichotte,
Perché sur ce jeune étalon, tonton, etc.
Il vous prêtera sa culotte,
Pour modèle de pantalon, tonton, etc.

Des compliments sur sa tournure
A Sancho-Pança suffiront, tonton, etc.
Car vous voyez que sa monture
Fléchit sous son ventre si rond, tonton, etc.

Donnez encore à nos rosières
Leurs bouquets vous diront... mais non, tonton, etc.
Les bouquets de nos bouquetières,
C'est à nous seuls qu'ils parleront, tonton, etc.

Donnez, Mi-Carême est bon prince,
Ce soir rentré dans son donjon,
Tonton, tonton, tontaine, tonton,
Gardant la somme la plus mince,
Au pauvre il cédera son tronc,
Tonton, tontaine, tonton.

# RIEN NE DURE

Quand j'étais jeune, mes amis,
Je passais pour un joyeux drille ;
J'étais la terreur des maris,
Et le rêve de toute fille.
Maintenant que ma pauvre tête
Se dégarnit de jour en jour,
Hélas, pour moi plus de conquête,
Ça n'pouvait pas durer toujours.

Un pauvre diable, un beau matin,
Reçoit la lettre d'un notaire,
Qui dit : vous héritez demain
D'un oncle mort célibataire.
Vite alors noces et ripaille,
Et table ouverte tous les jours ;
Mais bientôt il fut sur la paille,
Ça n'pouvait pas durer toujours.

Une coquette de trente ans
Jetait l'argent par les fenêtres,
Grugeant ses stupides amants,
Qui ne faisaient que disparaître.
Mais depuis que la quarantaine
A chassé bien loin les amours,
Le luxe a fait place à la gêne,
Ça n'pouvait pas durer toujours.

La belle Hélène à son amant,
Laissa prendre un baiser bien tendre;
Mais notre fripon en prit tant,
Tant ma foi qu'il en voulut prendre,
Tant et tant que, se lassant d'elle
Comme d'un mets de tous les jours,
Il finit par lâcher la belle,
Ça n'pouvait pas durer toujours.

---

# PAN! PAN!!

AIR : *C'est la Fortune* (Béranger)

Pan, pan, c'est la folie!
Pan, pan, c'est la gaité;
Pan, pan, leur voix nous crie :
Faites la charité!...

Momus agite ses grelots,
La bienfaisance fait la quête,
L'œil joyeux et la bourse prête
Francs chalonnais, venez à flots.

Pourquoi remettre au lendemain ?
La gaité rend l'âme meilleure,
Donnez tous! donnez à cette heure;
Pour l'humble nous tendons la main.
    Pan, pan, c'est la folie! etc.

Pour se porter bien, nous dit-on,
L'eau convient. O terribles peines !
Quand de vins les tonnes sont pleines
Boire de l'eau claire! Allons donc!
    Pan, pan, c'est la folie! etc.

Soyons humains! et nos coteaux
Seront noircis par mère Automne,
De raisins mûrs; puis chaque tonne
Regorgera de vins nouveaux.
    Pan, pan, c'est la folie!

Narguons le chagrin et l'ennui,
Puisque Carnaval nous l'ordonne.
Mais la main qu'on tend pour l'aumône
Ne l'oublions pas aujourd'hui.
    Pan, pan, c'est la folie! etc.

# LES JOYEUX MIRLITONS

AIR : *Ah le bel oiseau maman*

Chalonnais, accourez tous,
Voir défiler la parade,
D'une belle cavalcade
Qui s'organise chez vous.

Chante, joyeux mirliton,
Dans cette fête admirable
Qui va faire au pauvre diable
Gaîment branler le menton.

Ne laissez pas votre argent,
Moisir dans votre filoche,
Jouez un peu de la poche,
Au profit des indigents.
Chante, etc.

La mère et l'enfant chéri
Tous deux ont la face blême,
Il faut que la Mi-Carême
Leur redonne un teint fleuri.
Chante, etc.

On permet que, carottant,
Sur une place publique,
Sans avoir monté boutique
On puisse être charlatan.
Chante, etc.

Aussi, Messieurs tel et tel,
Jaloux de ce privilège,
Vont attaquer le cortège,
Qui leur porte un coup mortel.
Chante, etc.

Journalistes, Députés,
N'ayez donc plus la faiblesse
De vous disputer sans cesse,
On en rit de tous côtés.
Chante, etc.

Vous serez bien étonnés,
Quand finira la boutade,
D'avoir fait là mascarade
Chacun avec un long nez.
    Chante, etc.

Venez plutôt assister
A notre fête brillante,
Et pour remplir notre attente,
Donnez, Messieurs, sans compter.
    Chante, etc.

---

# LA CHALONNAISE

Air : *De la Femme à Barbe*

Entr' Champforgeuil et Saint-Marcel,
Allériot et les Alouettes,
Il est un endroit dans lequel
J'connais des filles vraiment chouettes.
Qu'elle vend' du fil ou bien du sel,
Qu'ell' soit bourgeoise ou fill' d'hôtel,
Il n'est pas d' femme qui me plaise
Autant qu'la jeune Chalonnaise.

      Ça sera com'ça jusqu'à la fin.
      Et faut pas s'plaindre, car enfin
      Ça fait supporter l'existence,
      Les Chalonnais ont par trop d'chance !

Brune parfois, blonde souvent,
Rousse ou châtaine, toujours charmante,
Elle s'en va le nez au vent
S'moquant du diable qui la tente,
Serrant les coud' com' les sergents,
Riant à la barbe des gens,
Et montrant sous sa crinoline
Le talon haut de sa bottine.

Elle ne rêve que chapeaux,
Manteaux de velours ou de soie,
Jupons flottants com' des drapeaux,
Et fourrures où l'on se noie.

On dit qu'les homm' ont bien des maux,
Et même s'privent comme des chameaux.
Tant pis pour eux ! la grande affaire
Est d'être aimée ou bien de plaire.

J'ai vu Jeanjean, qui fut un gueux,
Mais un gueux large des épaules,
Dans ses amours par trop heureux,
Recevoir mille coups de gaules,
Un autre y perdit ses cheveux,
Tant le sexe y fut dangereux.
C'lui d'nos jours et c'lui de l'époque
C'est bien deux têtes dans la même toque !

# APPEL A LA CHARITÉ

AIR de *Fanfan la Tulipe*

Entendez-vous la musique,
Le bruit joyeux des chansons?...
Chacun montre son physique
Aux fenêtres des maisons.
Partout la foule sympathique
Roule ses flots pleins de frissons.
C'est la Cavalcade
En promenade ;
Jeunes gens
Diligents,
L'or qu'on jette
Au Bien sourira,
Larirette ;
Dieu le bénira,
Larira.

Mais les quêteurs se répandent
A travers les rangs épais;
Devant vous les mains se tendent
Donnez-leur, ô Chalonnais !
Les voix du plaisir ne demandent
Que la moisson de vos bienfaits.
Dans cette âpre année,
La destinée

Rend le pain
Incertain;
Qu'on l'achète !
Le Bien sourira,
Larirette;
Dieu le bénira,
Larira.

Honneur à ceux qui consolent
Les pauvres d'une cité,
Qui font que les pleurs s'envolent
Sur l'aile de la gaîté !
Près des misères qu'ils immolent
Vient resplendir la charité.
Ce jour de folie
Les multiplie;
Sages, fous,
Qui de nous,
Le regrette ?
Le Bien sourira,
Larirette;
Dieu le bénira,
Larira.

Voyez ces rois, ces grotesques,
Ces chars ornés d'oripeaux,
Et ces groupes pittoresques
Encadrés par des drapeaux !
Ils sont semblables à des fresques
Chassant d'immobiles repos.
Bacchus ou Silène,
La panse pleine
D'un vin vieux,
Cherche aux cieux
Sa comète
Le Bien sourira,
Larirette;
Dieu le bénira,
Larira.

Sonnez donc les heures roses
Pour aider l'homme abattu;
Que vous font les cris moroses,
Si l'insecte à son fétu ?
Qui donne, couronné de roses,
Change le plaisir en vertu.

Aimons leur présence,
La bienfaisance
De l'espoir
Est, ce soir,
L'interprète....
Le Bien sourira,
Larirette ;
Dieu le bénira,
Larira.

# CHANSON ou ODELETTE

Laissez l'envie au front morose
S'irriter de votre gaité,
Le chardon jalouse la rose
Le vers est honni par la prose,
Et le hibou fuit la clarté.

Il faut à l'onde un frais murmure,
Aux poëtes un doux loisir,
Le soleil à la treille mûre,
Des nids d'oiseaux à la ramure,
A la jeunesse le plaisir.

Allez donc Marquis et Pierrettes,
Incroyables et joyeux fous,
Chevaliers aux riches aigrettes,
Mignons aux fines collerettes,
Par la ville, gaudissez-vous.

Le fier Hidalgo de la Manche
Chevauche près de Cambrinus,
En souquenille du dimanche,
Pierrot blême, qui se démanche,
Fait un madrigal à Vénus.

La marotte au sceptre s'allie,
François Premier à Triboulet.
Dans ce cadre de la Folie
Le roi Lear coudoie Ophélie,
Charles Six est voisin d'Hamlet.

Ranimez l'ardente étincelle
Du vieux rire et de la gaité,
Mais surtout tendez l'escarcelle,
Et qu'à flots l'offrande y ruisselle,
Pour le pauvre deshérité.

Chacun y mettra son obole,
Et si quelque envieux jaloux
Vous traitait de jeunesse folle,
Par une simple parabole,
Je désarmerai leur courroux.

Dans les entrailles de la terre
Le charbon git obscurément,
La matière brute s'altère,
Et voici qu'un fécond mystère,
Y fait éclore un diamant.

Sur un brin d'herbe s'est posée,
Une goutte de l'aube en pleurs,
Le soleil brille, et la rosée
Sous ce rayon s'est irisée
De ses prismatiques couleurs.

Brise donc, Envie obstinée,
L'arme de ta sévérité,
Toute folie est pardonnée,
Quand on la voit illuminée
D'un rayon de la charité.

# LE VIN DU PAYS

Air *Nouveau*

La fête de la bienfaisance
Met des bruits joyeux dans Chalon ;
La bourse tend, avec aisance,
Ses flancs creux à l'or du salon.
Voici le vieux char des vendanges,
L'emblème de notre pays....
O Dieu du vin, tu nous souris !
Tout comme aux temps remplis de tes louanges,
O Dieu du vin, tu nous souris !

Oui, donne-nous le suc des vignes,
Le noble vin du Bourguignon ;
Offre le meilleur aux plus dignes,
C'est un généreux compagnon.
Salut à toi, source de flamme !
Salut à toi, gage d'amour !
Tu rends plus gais notre esprit et notre âme.
Salut à toi, gage d'amour !

De notre Bourgogne vineuse
Il est l'universel espoir ;
Il est sa force lumineuse,
Le doux produit de son terroir !
Dans notre sang, qu'il électrise,
Il vaut la chaleur du soleil,
Il tient notre joie en éveil
Pour le bonheur commun qu'il favorise,
Il prend sa chaleur au soleil.

C'est lui qui rend notre patrie
Celle des hommes éloquents ;
Qui vient sur la table appauvrie
Ramener les plaisirs fréquents.
Que sa couleur soit pourpre ou blonde,
Il est clair, fin et vigoureux.
Sa vieillesse fait des heureux ;
Grâce à lui seul, l'heure fuit lisse et ronde ;
Sa vieillesse fait des heureux.

Jeunes gens à l'humeur payenne,
Par lui respectons le passé,
Et trinquons à la mode ancienne,
Quand le vin se trouve versé.
Notre terre de Burgundie
Voit la franchise et la gaîté,
Ces deux sœurs de la Liberté ;
Que notre cœur jamais ne congédie
Ces deux sœurs de la Liberté !

Nos aïeux encombrent l'histoire ;
Probus replanta nos coteaux.
Tous les ravageurs, dans leur gloire,
Ont teint de leur sang nos drapeaux.
Ils se flattaient de nous soumettre,
Nos vins devaient tous les gorger....
Mais ces hordes de l'Etranger

Ne songeaient pas que le vin nous pénètre
De vigueur contre l'Etranger.

Le plaisir souvent nous appelle,
Mais nous écoutons les soupirs
De tout indigent qui chancelle
Parmi d'implacables loisirs.
Les besoins du jour sont terribles,
Nous répondons par la pitié,
Notre vin créa l'amitié....
L'esprit chrétien suit nos masques risibles,
Notre vin créa l'amitié.

En vain cette liqueur de l'orge
Coule du char de Cambrinus,
Et sa pipe, comme une forge,
Enfume le ciel de Brennus,
Le vin sera notre héritage ;
Nul de nous ne lui dit adieu,
Car il console comme Dieu ;
Dans l'air natal s'il consent au partage,
Il nous console comme Dieu.

# CAMBRINUS

### Air de *Pandore*

En lettres d'or ce nom doit luire,
Dans l'histoire on le cherche en vain...
Qui donc à sa gloire a pu nuire ?
Sans doute les marchands de vin.
Enfants, pour le mettre en lumière,
Dussiez-vous indigner Bacchus,
Répétez en buvant la bière :
« Nous la devons à Cambrinus. »

On le sait, le suprême juge,
Par un bienfait trop peu loué,
Permit qu'après l'eau du déluge
L'homme eût le vin, grâce à Noé.
Vantez ce vigneron biblique,
Célébrez l'empereur Probus,
Mais croyez la santé publique
Plus obligée à Cambrinus.

Du nectar source de sa gloire
Le premier qui s'est abreuvé,
D'après sa couleur, a pu croire
Que l'or-potable était trouvé.
Quand il mousse, on pense à l'écume
D'ou naquit la blonde Vénus;
On en trouve aussi l'amertume
Dans la liqueur de Cambrinus.

L'amertume ! ce défaut prouve
Sa parfaite sincérité,
Car c'est le même qne l'on trouve
A toute bonne vérité.
S'en plaindre est d'un buveur novice...
Ce léger tort montre, au surplus,
Que la fadeur n'est pas le vice
Du breuvage de Cambrinus.

S'il fait de la sombre Allemagne
Délirer parfois les rêveurs,
Nul danger ici n'accompagne
Le plaisir qu'il donne aux buveurs.
Personne à sa part de folie
N'ajouterait un grain de plus,
En épuisant jusqu'à la lie
Tout le nectar de Cambrinus.

Honte à qui de vin bleu se gorge !
La démence est son châtiment.
L'hymen du houblon et de l'orge
Ne fait naître que l'enjouement.
Bref, couleur, saveur énergique,
Heureux effets, trop mal connus,
Tout en lui rend vraiment magique
Le philtre du grand Cambrinus.

Amis du bock et de la chope,
C'est peu que l'admiration :
Chez tous les brasseurs de l'Europe
Ouvrez une souscription ;
Rançonnant ceux qu'il intéresse,
Recueillez l'or de cent Crésus,
Pour que dans toute ville on dresse
Une statue à Cambrinus.

# CHIBRELI CHIBRELA

Air trop connu

Chibreli chibrela,
Va te faire
Lanlaire !
Chibreli chibrela,
Assez de cet air là !

Utilisant l'ineptie
De ce chant vraiment hideux,
Moi, j'en vais faire une scie
Pour les gens trop contents d'eux.

Chiberli chiberla,
Déplaire
Est leur affaire,
Chibreli chibrela,
Scions ces dindons là !

Ce grand dadais sans cervelle,
Qui, flatté par sa maman,
Croit pour toute demoiselle
Etre un héros de roman.

Chibreli chibrela,
Déplaire,
Est son affaire,
Chibreli chibrela,
Scions ce jobard là !

Ce gandin de vieille date,
Qui, difforme, épais, commun,
Pour bien nouer sa cravate,
Jusqu'à midi reste à jeun,

Chiberli chiberla,
Déplaire,
Est son affaire,
Chibreli chibrela,
Scions, ce crevé là !

Ce pédant, ganache franche,
Qui, sans le moindre embarras,
Disserte, pérore et tranche
Sur tout ce qu'il ne sait pas;

    Chibreli chibrela,
        Déplaire
      Est son affaire,
    Chibreli chibrela,
  Scions ce blagueur là !

Ce nigaud qui se croit drôle,
Et qui, farceur des plus lourds,
Nous assomme à tour de rôle
Avec de vieux calembours,

    Chibreli chibrela,
        Déplaire
      Est son affaire,
    Chibreli chibrela,
  Scions ce pitre là !

L'égoïste monotone,
Qui, nous abreuvant d'ennui,
Pour ne décrier personne,
Ne nous parle que de lui,

    Chibreli chibrela,
        Déplaire,
      Est son affaire,
    Chibreli chibrela,
  Scions ce monstre là !

Ces vaniteux, ces coquettes,
Qui, pour frayer en haut lieu,
Font, en se couvrant de dettes,
Un luxe qui leur sied peu,

    Chibreli chibrela,
        Déplaire,'
      Est leur affaire,
    Chibreli chibrela
  Scions ces gascons là !

Ce pendard à nourrir d'herbe,
Qui, fier d'amasser du bien,
Traite avec un air superbe
Les braves gens qui n'ont rien,

Chibreli chibrela,
Déplaire,
Est son affaire,
Chibreli chibrela,
Scions ce coquin là !

Je n'achève point ma liste
De vantards et de poseurs,
Car je sais combien attriste
Le défaut des grands causeurs,

Chibreli chibrela,
Déplaire
Est leur affaire,
Chibreli chibrela,
Scions ces bavards là !

# LE MASQUE

Beau masque, l'on n'est pas ta dupe ;
Je te connais :
Un dessein malveillant t'occupe,
Et je le sais.
Dans tes yeux tu mets un sourire ;
Mais ma raison
Laisse aux miens le pouvoir d'y lire
La trahison.

Tu t'es, me supposant myope,
Mal déguisé ;
Le domino qui t'enveloppe
Est bien usé.
Ton masque a certaine fissure
Par où je vois
Des traits dont la dureté jure
Avec ta voix.

Tu dis m'aimer : je n'y puis croire,
Dieu soit loué !
Trop souvent avec cette histoire
On m'a joué.
Je bénis cette rude épreuve,
Car je lui dois
De n'avoir pas l'âme aussi neuve
Que tu le crois.

Quel but, dans cette intrigue vaine,
 Est donc le tien?
Ma bourse n'en vaut pas la peine,
 Tu le sais bien....
Ah! j'entrevois ta batterie :
 Tu veux, moqueur,
Par quelque amère espièglerie
 Briser mon cœur.

Va, corsaire contre corsaire
 N'a pas beau jeu;
Avec moi tu n'as rien à faire;
 Beau masque, adieu !
Va duper, sous ton vil costume,
 Quelque ingénu :
A mon cœur, en fait d'amertume,
 Tout est connu.

# ÉPILOGUE

Si nos vers font peu vos délices,
N'en veuillez pas rien qu'aux rimeurs ;
Accusez aussi leurs complices,
Les trop complaisants imprimeurs.
Ceux-ci comparés aux poètes,
Sont pourtant moins à détester,
Car parmi les choses bien faites
Leur *caractère* peut compter ;
*Composant* avec moins de peine,
Ils font meilleure *impression*,
Et supportent d'ailleurs sans haine
L'appel à la *correction*.
Malgré de pénibles *tirages*,
Leurs *formes* leur donnaient des droits
A l'honneur d'être *mis en pages*
Dans l'escorte de l'un des rois.
De leurs fautes vieilles ou neuves
Voulant se décharger les reins,
Ils pouvaient, forts dans les *épreuves*,
S'habiller tous en pèlerins.
Pour expier leurs peccadilles,
Ils ont dû s'y prendre autrement,
Faute des *bourdons* et *coquilles*
Qu'exige cet accoutrement.

Chalon-sur-Saône, imp. L. LANDA.

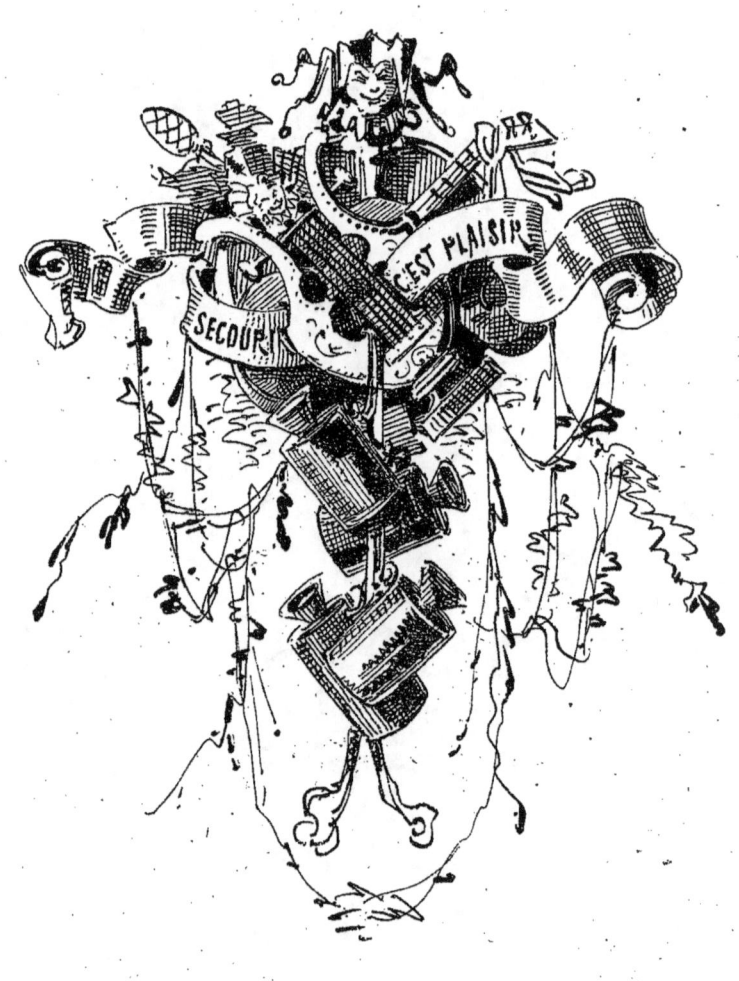

Imprimerie L. LANDA, Chalon.

1868.